韩仕伟 著

夏语

陕西新华出版

太白文艺出版社·西安

图书在版编目（CIP）数据

夏语/韩仕伟著.--西安:太白文艺出版社，
2022.7（2024.1 重印）
ISBN 978-7-5513-2206-5

Ⅰ.①夏… Ⅱ.①韩… Ⅲ.①诗集－中国－当代
Ⅳ.① I227

中国版本图书馆 CIP 数据核字 (2022) 第 144406 号

夏语
XIA YU

作　　者　韩仕伟
责任编辑　白　静
封面设计　花　涧
封面题字　贾平凹
书法作者　李平逊
版式设计　建明文化
出版发行　太白文艺出版社
经　　销　新华书店
印　　刷　三河市嵩川印刷有限公司
开　　本　787mm×1092mm 1/16
字　　数　143千字
印　　张　15.25
版　　次　2022年7月第1版
印　　次　2024年1月第2次印刷
书　　号　ISBN 978-7-5513-2206-5
定　　价　68.00元

与贾平凹合影

同故人慕锡明夫妇合影

同昔日同事合影

母亲与姐弟留念（1956年）

渭南端泉中学高56级同学03年西安留念

序

霞尚满天
——写在韩仕伟《夏语》出版之际

因为一个叫昌的人，我便和韩仕伟老先生结为忘年交。昌就是韩霁昌，一个学者型的企业老板，主要研究的是一个被人常常忽略的课题：土地污染治理，多次获得省、部、国家级的奖项。他头大眼睛也大，眼睛一眨就是一个计谋，就是一个点子，就是一个创意。我和昌是很纯粹的朋友，不见常想念，见了只喝茶扯闲淡！我俩时常见面，见了面不是斗嘴就是调侃，几乎没有正经地说过一句话，但我俩的对话几乎成了相声，常常惹得大家捧腹大笑。以至于我俩不得不一直这样对话，这已经成了我俩的相处方式，我们想正经也正经不起来了。

他是韩仕伟的儿子，因此，韩老先生便走进了我的视野。工作关系，我这一生简单得像北方四季分明，大学毕业教了几年书，就到省城报社工作，当文化记者、文化编辑、文艺部主任，一干就是很多年，和文化人打交道是家常便饭。而韩仕伟老先生一生从事水利事业，退休后突然诗性大发，一发而难止。我对他十分崇敬，他谈论的不是国际国内形势就是文学艺术，老是像屈夫子一样忧国忧民。我们的关系绝对正经，和他儿子绝然不同！他和我谈古论今说了好多东西，让我觉得自己很浅薄轻浮。所以我对韩仕伟老先生的敬重之心有如高山仰止！

近十几年他的诗从数量到质量突飞猛进。他几乎是天天读书写诗，写人生的感悟，写生活的百态，写社会的万象，写美好的前程。他看见瀑布能写出它的湍飞之势，看见大山能写出它的巍峨之态，看见一朵红花能写出它的笑容，看见一株小草能写出它所生长的大地，看见栖居在枝头的鸟儿能写出鸟语的无限诗意。总之，他是一个很勤奋的老人，每次相遇，他总是戴着老花镜，在本子上写得密密匝匝，问我这诗合适不，我用我和他独有的方式交流着。他真是一位不老的诗人。他写生活，写记忆，写情感，写感悟，写希望，写美好生活的多姿，写祖国河山的壮美。他的作品没有形而上层面的抽象的艺术表现，他更多地将自己的所观、所想、所感写出来，在现实生活的土地上，像一位躬耕的勤勉的农夫，兢兢业业地耕耘、播种、收获。他的作品真实、鲜活，像流动着的朝晖中晶莹的露珠，又像金黄的麦穗，饱满而散发着麦香。

柏拉图说："美是困难的。"你可以把美变为困难，你也可以把美变成平庸。如果你的诗大众都喜闻乐见，那么你就是把平常的生活变成绮丽的诗句，这本身就是把生活变成困难，再由困难制造出美的诗句。韩仕伟老先生常以古体诗词写现代生活，一般古体诗词都在严格的韵律平仄中限制了诗人才情诗意的表达和流淌，而韩先生的诗情、诗意、诗性肆意穿梭，随心挥洒，很放松亦很自如，不做作，不紧绷。有些古体诗绷得太紧，就像一个人僵硬的身体，又穿上紧身衣服，一动就有绷裂撕扯之感，给人极不舒服的感觉。而韩先生的诗就像披了睡袍趿上拖鞋的智者，放松地去写，自然而然地流露，不卖弄风骚，写出了好多让人惊讶得甚至张口结舌的诗句来，让人们感受到他情绪的流动，其意境悠远，令我肃然起敬。

近几年，他接连出版了《春语》《秋赋》《冬韵》，今又推出《夏语》，按四季推出了四本诗集。谁能想象一位八十多岁的老者能有如此精力和诗情的勃发！我时常和他的儿子昌说："他写完四季就要写二十四节气了！"昌说我坏得很，把老汉弄得整天写诗！我说这是一个用诗益寿的秘方，比起那些终日不动、不思、不想的老年人，哪个更好？昌大嘴一咧，笑得尘土飞扬。

我给韩先生整理了四本书。这本书我写了这些啰唆的文字，也算是我的一些感受吧。一首小诗寄他：

梅老骨硬青云志，
霞染日月扑面香。
有心识得东风面，
野山硝石亦青长。

这算是一个序吧！

张立
2022年春

目录
CONTENTS

· 家乡风景赛苏杭

· 悠然自得乐偷闲

夏语

目录

· 再无风雨再无晴

目录

·尝尽人间千般味

家乡风景赛苏杭

望江南·家乡好

一

家乡好，来去笑从容。

朝望南山紫云气，

夜观星海月当空。

逍遥白头翁。

田间路，禾苗绿葱葱。

空气清新精神爽，

冰心一片玉壶中。

至老乐无穷。

二

家乡好，乡土真情浓。

异地多年忙公务，

归来前事皆成空。

一切随缘终。

秋日爽，自然舒心胸。

漫步田间随心走，

乡邻见面话农事。

晓望南山峰。

三

家乡好，细雨软秋风。

四野农田禾黍种，

院栽花木意趣浓。

坐看夕阳红。

思往日，荒灾路不通。

悔在他乡常作客，

酸甜苦辣一场空。

愧对老祖宗。

望江东·新房

久别归乡无冷落，

住新房，门深锁。

无忧无虑庭堂卧，

远闹市，少风波。

同龄来往时候多，

上烟茶，好消磨。

人生知足都看破，

韶华逝，不虚过。

浪淘沙·古道

夏语

窗外鸡打鸣，

雨过天晴。

渭城一片阳光明。

倚立栏杆赏秋景，

岁月峥嵘。

古道汽车声，

昼夜不停。

东西南北客商通。

四面八方物流畅，

经济繁荣。

玉楼春·初冬

重阳过后冬来早，

黄叶红尘风来扫。

中庭闲坐一杯茶，

信手诗书笔墨稿。

利名权位不足道，

清静闲适白头老。

一轮明月映窗纱，

无有是非无有恼。

玉楼春·雁

他乡半世烟云散，
勿让余生留遗憾。
院栽花木身心休，
笔墨诗书烟茶伴。

天高秋日阳光灿，
盆菊楼台南山看。
白云朵朵远天边，
欢快翱翔南归雁。

玉楼春·霾

天地混沌隐踪迹，

古城高楼烟雾起。

不知何日好天气，

下得楼台宽心意。

杜圣李仙风尘弃，

芙蓉国里屈贾逝。

天生愚钝难为用，

思过羞颜谁堪记。

玉楼春·思忆

夏语

毕业时偏逢遇灾年，

寒窗苦读梦成空。

一身力气无处用，

寂寞无聊明月共。

垂老闲来弄笔墨，

消时磨日亦从容。

前庭小院花木种，

清静无为到岁终。

玉楼春·南湖游

倚杖慢行南湖游，

云开日出光色柔。

清风堤岸垂丝柳，

路旁绿松正招手。

楼阁亭台长廊纵，

花香鸟语声啾啾。

看天观地好风景，

自在逍遥乐悠悠。

玉楼春·斗牌

一周一日六老坐，
一年四季平常过。
亲朋相聚心语贺，
四座玩牌多欢乐。

白纸一张华年逝，
览书今古心平和。
自由自在自寻乐，
试问苍天奈我何。

玉楼春·夜不眠

一生一世一过客，

一块田间风雨尘。

三五辛劳斑两鬓，

六旬无功急退身。

只因生性迟顽顿，

又遇困境迷红尘。

年老不知日怎过，

寄情笔墨养精神。

临江仙·秋思心空

夏语

在职恨愁心满胸，

退休欢事稀微。

闲来闷坐无人会。

夕阳黄昏近，

年岁无多味。

遥想青春志豪气，

悲叹今日人非。

愁容满面白双眉。

柳飞雪花泪，

叶落秋风悲。

临江仙·老

风雨烟尘已白首，

赢来个身自由。

天涯海角四处游，

心宽闲老叟，

无复何所求。

乡土亲情最可贵，

居家养性修身。

闲适恬静无有愁，

清风明月过，

凭栏看水流。

浅浅初夏景象司佳气露光芒

烟湖堤岸柳丝长荷花独开放

银杏枝脉伸高举摧低无歇嬉戏

鱼方闹池塘家乡风景赏蘇杭

亭台楼阁树根翘曲回廊

邢瓦律诗临江仙南湖公园

壬寅年之春于古都长安李平迎书

采桑子·年老

窗明起早茶余后，

晴日光柔。

下得高楼，

漫步健身公园游。

青绿一片古槐柳，

枝蔓微勾。

遥想千秋，

年老何忧岁月愁。

采桑子·进村

夏语

老来常梦家乡事，

记忆沉沉。

梦里常寻，

难得少时顽童真。

进村多见白毛叟，

年老病身。

辨貌听音，

拉话家常情意深。

诉衷情·凌云志断何处

读书无用还看书，

人笑我顽愚。

凌云志断何处？

谁个杀了余？

闲最恼，抚胡须，翻书娱。

此生谁料，

伴我孤独，

老在书隅。

诉衷情·老

光明日好时令佳，

相约朋亲来。

饭饱茶香欢快。

东西南北牌。

身康健，开心活，观楼台。

有谁如我，

手捧茶杯，

独自开怀。

踏莎行·晚秋家住

一

鸿雁南归，天高云淡。

绿黄四野参差半。

清新空气白发翁，

修身养性田间转。

黄桂余香，飘荡小院。

良辰美景明月伴。

三间新屋把身安，

翻阅诗书笔墨伴。

二

烟雾升空，老夫起早。
天高云淡阳光曜。
清风舞弄柳丝刀，
物华情意芬芳草。

漫步田间，悠闲一老。
喜鹊嬉戏麻雀叫。
乡邻路遇言欢笑，
老家来住身体好。

踏莎行·回乡

北雁南归，一年两季。

乡村回住欢乐事。

乡邻相见笑白眉，

儿时往事难忘记。

落叶秋晖，游云天际。

官场早退远权力。

粗茶淡饭粗布衣，

自由自在舒心意。

绿黄菜菊花秋南山紫白

云汀蓝兮碧海老色栗

乡听见招手唤频驻头壶

鹊州来老秋田晚里旺丰收

心孤采柿满东泊家住好

甜静方骨休

壬寅季春
西安李平逸书

鹊桥仙·斗牌

星移斗转，

一张白纸，

青春去人已老。

无聊寂寞倚栏看，

车笛叫，三秦古道。

自家兄弟，

重逢岁晚，

今见尽都白头。

斗牌嬉笑醉黄昏，

百事了，桑榆安好。

清平乐·秋桂

夏语

庭院金桂。

入目心飞扬。

绿叶碎花色明黄，

香飘众邻赞赏。

秋日恰照庭堂。

烟茶书写文章。

坐卧南山观望，

什么也不思量。

南乡子·下邽三杰

故里三贤良，

气宇轩昂志未央。

文韬武略露锋芒，

栋梁，

千百年来名声扬。

渭水东流长，

继往开来国富强。

今日告君家乡好，

展望，

人间正道是沧桑。

渔父·身闲

一

远离红尘闲读书，
平生实为一酸儒。
高楼住，杂念除，
冰心一片在玉壶。

二

饭饱茶香沉醉眠，
糊涂过日终流年。
高楼住，望南山，
自在逍遥日日弹。

三

思想从前在红尘，
风烟尘世多风波。
高楼住，心平和，
识世知时日子过。

四

身退不知今何年，
寒窗苦读苍老颜。
高楼住，物华观，
明月清风不要钱。

五

南北通明绿田园，
东西横卧终南山。
高楼住，只等闲，
耳聪目明天地宽。

生查子·年老

退休无所思，
生世当知足。
欢乐我自寻，
会当有清福。

秋风明月光，
九九东篱菊。
玉竹立南垟，
醉诵书词曲。

清平乐·公园漫步

雨停起早，

石径沙尘少。

月季舒颜迎客笑，

麻雀群飞打闹。

池边老柳新枝，

古槐风中西斜。

水上长廊漫步，

白毛一个谁知。

蝶恋花·南湖

夏语

梦破鸡鸣起身早。

来到园林，空气清新好。

漫步健身人不少，

男歌女舞喜鹊叫。

年老今逢好世道。

昔日荒滩，今日新面貌。

山水引来湖景造，

清闲日子坐垂钓。

鹧鸪天·秋回老家

杏叶绿黄竹一行，

门开光亮照庭堂。

低飞麻雀喳喳叫，

丹桂花开满院香。

田间路，草芬芳，

天高气爽舒心肠。

乡邻相见点头笑，

春种秋收农事忙。

春风荡漾山河醉

南歌子·出游

才把中秋过，

重阳赏菊花。

如今遇到好年华，

趁兴游海之角天之涯。

杰士多歧路，

文人诗嗟哦。

贤良多少披袈裟，

如我清风明月碧螺茶。

南乡子·南湖

夏语

霜露晨光收。

绿水清清上下楼。

冬日光和柳丝垂，

啾啾，

麻雀群飞树枝头。

落座桥身留。

斜阳秦岭白云游。

心事了无一老朽，

悠悠，

天地心宽把身修。

虞美人·夜不寐

杯茶夜坐心思远，

往事如烟散。

经年梦断皆成怨，

不似周郎命好东风现。

头白寻乐自陶醉，

闲时诗书看。

纸张笔墨幽情欢，

消磨时日天地放心宽。

当年英武喜满面 为官清清
挥笔弄文豪气壮 携人得物
如地卖通休祈望 儿孙毛谁科
老来福报方小刚 强儿病倒
垫里难熬白发颊

壬寅年之春于都长安皇家画室吕平迎书

玉楼春·瞻渭华起义塔

渭华起义早年听，
假日驱车悼英灵。
九曲河湾高台处，
深山秘境建大营。

三秦儿女乾坤志，
高举红旗请长缨。
血泪成河壮千古，
赢来今日大天明。

玉楼春·上楼台

乡邻亲朋多自在，
隔三岔五几回来。
桌前玩牌时日快，
言谈欢笑舒心怀。

人生白发莫怠慢，
美好时光方才来。
新建公园花满蹊，
赏心悦目上楼台。

玉楼春·四上华山

渭城东出车如飞，

攀登华岳上云梯。

壁石峭峰割南北，

松涛波浪云天低。

人间天上沉香斧，

辟地开山老君犁。

武帝祠堂香火盛，

江山论道输赢棋。

玉楼春·楼台

夏语

日日烟茶度朝夕，

坐看南山白云移。

东日高楼光明丽，

晴空万里雁飞起。

春风荡漾山河醉，

科学创新好时期。

放眼全球看世界，

中华强大不足奇。

生查子·楼台

高楼望绿林，

飞鸟空鸣音。

明月清风赏，

诗书欢乐新。

四时总清静，

百事了无心。

假日好天气，

亲朋时常临。

玉楼春·无思

夏语

移居新室陋巷隐，
闭门平安度光阴。
坐卧中庭烟茶品，
闲情怀古诗书吟。

天高云淡景色好，
飞鸟清风空好音。
漫天思绪日月浸，
远观天地宁静心。

玉楼春·楼台晚照

一

坐卧楼台思万千，

严寒酷暑修水田。

辞别长安奔前程，

渭北高原又经年。

平常对待苦乐事，

立身淡薄乐田园。

滔滔渭水东流去，

白鬓无须怨苍天。

二

一生一世一老童，
半百辛劳不觉穷。
东侯卖瓜自嘲讽，
效法陶潜酒杯空。

玉兰洁白皎秋桂，
玉竹空心白头翁。
淡饭粗茶平常过，
无愧天地到岁终。

玉楼春·过年登南宁青秀山

元日举家南国行，

立春日暖天放晴。

春风拂过九州地，

歌舞升平欢乐情。

青山造化钟灵秀，

百花万木游客迎。

谁言发白无再少，

铁树千年亦峥嵘。

生查子·惊蛰

夏语

冬日高楼明，

晴空飞鸟鸣。

烟云雨初过，

惊蛰物华生。

正好春风吹，

山河起征程。

愿高歌猛进，

科学创新争。

生查子·春分

滔滔渭水东，
北雁叫长空。
万物始新绿，
百花争艳红。

南湖楼阁影，
秦岭叠峦峰。
景色看不尽，
渭城满春风。

生查子·落日村外漫步

夏语

高楼落日晖，
草劲风吹衣。
田野禾苗秀，
村庄林木肥。

南山日暮下，
东月影光微。
恬静闲适意，
如是还有谁？

生查子·闲坐

无聊白发翁，
闲坐庭堂中。
自取诗书阅，
心明耳目聪。

古今尘世上，
万事一场空。
明月清风事，
伴我岁月终。

生查子·出游

长安几回首，
黄土塬悠悠。
踏遍九州地，
太空环宇游。

叹万千世界，
双目一览收。
自由又快意，
天地几春秋。

生查子·家居

闲来花木种，
樱花笑春风。
秋桂清香送，
青竹玉心空。

思考人间事，
眼明耳不聋。
烟茶明月共，
自在白头翁。

生查子·桂林

漓江风雨中，
山色雨朦胧。
两岸游船过，
遍观钟乳峰。

撑天青石柱，
栈道云崖空。
三姐唱山歌，
胜景夺天工。

黄昏村外路苍茫日满山秋田

暖翠只疑四间禾黍收尽

鸣飞草下雀叫树枝头

景物家卿好不由身置面

饰仕律诗家居一二三
壬寅年之春於古都长安李华迎书

浣溪沙·十月

夏语

十月园林枝绿黄，
路旁花草结露霜。
朝阳湖水泛红光。

烟雨喷泉云天外，
万颗玉珠落地狂。
高飞大雁成一行。

浣溪沙·霾

冬日长时雾霾天，
心思烦乱立窗前。
山河空念远天边。

千古兴亡自然事，
此消彼长没个完。
老夫何必叹流年。

浣溪沙·回家

夫妻相伴回老家，

喜看庭院各种花，

层楼映照是晚霞。

邻里乡亲闲来坐，

言谈说笑好年华。

城乡生活无相差。

浣溪沙·闻家乡二人相继逝

忽接家乡电讯来，

二人相继命归天，

凭栏泪目南山看。

昔日童时玩乐景，

不由一一在眼前。

忧思玩伴几人安。

年事白毛坐庭空宇書川王
睛究忙闲茶沉醉无里童花
闲去荐時日君一枕明月照
承床生之疯老在手常

韩任律诗溪溪沙之二
壬寅年暮春於古都
之马李平逖書

渔父·家住

一

垂年家住无心牵，
清风明月乐自然。
茶自斟，饭香甜，
乡野风流一老韩。

二

小院自栽花木艳，
亭亭玉竹樱花灿。
银杏黄，秋菊绽，
丹桂飘香我老韩。

三

在职无为雨云烟，
回家来住还羞颜。
今日悟，早归田，
勿要老韩心发寒。

四

空气清新白云闲，
斜阳绿树禾黍田。
芳草路，雁飞远，
乡土风情醉老韩。

清平乐·渭城

朝阳大地。

一片祥和瑞。

今日渭城好天气，

叶绿花红景丽。

高楼林立云中。

清新洁美市容。

四面八方车拥，

百商昌盛兴隆。

沁园春·家乡

夏语

漫步田间，

东日高升，

染红南山。

立村东沟畔，

天高气爽，

薄雾弥漫，

油绿梯田。

汩汩溪泉，

河湾杨柳，

悦目赏心景物观。

河两岸，

建亭台楼阁，

游客来玩。

家乡空气新鲜，

时来住，

身轻乐晚年。

院栽花木看，

逍遥自在，

但思明日，

忘却从前。

闲坐中庭，

舞文弄墨，

字里行间寻清欢。

千秋过，

夕阳无限好，

老也怡然！

看书

每日书桌前，独酌茶香甜。

思考从前事，酸甜苦辣全。

半世荒唐过，一生梦难圆。

亲朋羞相见，面祖汗无颜。

日月时空转，老夫心火燃。

万期一须臾，不可再欺年。

夜思白日写，情思挥毫端。

一旦成欢趣，梦魂远天边。

悠然自得乐偷闲

采桑子·南湖

一

亭台楼阁光和丽，
烟柳长堤。
绿水涟漪，
芳草萋萋枝叶肥。

湖光潋滟金鱼戏，
断雁低飞。
雀鸟迷离，

凉风习习轻吹衣。

二

风光和丽南湖好，

烟雨蒙蒙。

草木葱葱，

花蕊蝶蜂与草虫。

斜阳绿树湖边绕，

凉爽清风。

漫步从容，

自在悠然白头翁。

长相思·忆姐

昼也思，夜也思，

相见稀多别离，

月窗闻鸟啼。

少相依，老见稀，

忆昔童年困厄时，

不由暗泪滴。

蝶恋花·近黄昏

农田劳苦斑两鬓，

春去秋来，年岁黄昏近。

幸而心明耳目聪，

观世看人头不晕。

往事烟云多少恨，

一切都忘，省得乱方寸。

安乐晚年事不问，

咬文嚼字诗书韵。

浪淘沙·麻雀

日出白云游，

湖水光柔，

游人健步见笑容。

空气清新尘烟少，

踏上亭楼。

麻雀立枝头，

来去自由，

东瞅西望不知愁。

人间万事何时了，

重来兮否？

浣溪沙·少时同窗相遇

难得相逢已白髭，

言谈欢笑话心事，

故人思忆剩无几。

酸辣苦甜都已去，

年华迟暮无多时。

寻欢享乐莫迟疑。

夏语

时变 佈化律作

鸡鸣犬吠鹭鸶醒日上有窗
天大晴杨柳桐花孔绿浪去
风得送渭華城山河和老時
代变气地尽然章董白鸟
枝頭歌天吸三春虞夢凱歌声

壬寅年暮春西安李平迎

074

玉楼春·南湖

夏语

雨过云开天放晴,

柳堤风舞长廊亭。

珠圆晶露遍芳草,

青绿层林群鸟鸣。

男女广场欢歌舞,

熟人石径笑相迎。

恰逢今日好天气,

古树东风萌新景。

玉楼春·梦母

夜梦母亲泪湿襟，

无言相见面颜悲。

梦醒惊起孤身影，

明月寒窗鸟独飞。

父亡吃尽万般苦，

昔日家庭地位微。

寄望儿孙能争气，

光宗报得三春晖。

玉楼春·同学会

夏语

昔日同窗共五载，

东西南北展宏图。

山高水远难相遇，

暮年相会白了须。

日月轮回移朝暮，

相见愈稀人渐疏。

西风渭水自流去，

何日重逢茶一壶。

玉楼春·同学会

077

玉楼春·莲子

秋荷珠露湖水蓝，

莲藕生长枝叶残。

北雁南飞嘶声远，

老槐枯柳鸣秋蝉。

青青芳草枯又荣，

酷暑严寒没个完。

莲子深埋内心苦，

一生洁白谁个言？

玉楼春·玩牌

白头六老时相聚，
忆昔思今家常叙。
夕阳虽好日渐疏，
相约玩牌寻欢趣。

早年谋生身心虑，
晚岁桑榆常来去。
人生苦短老相聚，
饭饱茶香书诗句。

玉楼春·情趣

春花秋草风尘路，

黄土高原一生误。

心怀乡土归家居，

闲来庭院栽花木。

老来少有情多趣，

桌前杯茶诗书句。

夕阳晚照白发须，

村外田间闲漫步。

玉楼春·夜思

伶仃苦守寒夜长，

不合时宜难登堂。

秋桂春兰无人采，

山花野草自张狂。

青春化作红烛泪，

万事皆空全已忘。

或许人生命中定，

何须伤脑去思量。

生查子·南湖

园林有曲径，
漫步随心寻。
湖边垂老柳，
始今新春韵。

浮萍鱼上下，
草地雀鸦群。
一片祥和景，
蓝天与白云。

生查子·夜不眠

夜思明月光,
生命无短长。
思忆同辈人,
大都已相忘。

桑榆日渐少,
闲事勿思量。
日月随心过,
平安茶饭香。

渔家傲·渭城

湖水清风绿波荡，

层林花草栽岸上，

鱼鸦戏水相依傍。

张目望，

渭城景观换新装。

渭水东风高歌唱，

一入黄河无风浪，

三贤故里多将相。

豪气壮，

物华盛世今开创。

渔家傲·古城新貌

夏语

城角高楼居安乐，

远离闹市人车躁，

绿树环绕空气好。

鸡报晓，

老夫觉少起身早。

渭水欢腾秦岭笑，

古城今日新面貌，

美好时光今人造。

虽已老，

喜逢今日好世道。

清平乐·黄昏

西山日晚。

钩月东天半。

窗前一字南飞雁,

晚照高楼光滟。

老夫偏爱黄昏,

烟茶笔墨农田。

朝来暮去时短,

用功借月留年。

西江月·迟暮

夏语

迟暮年华无恼，

退休日月欢畅。

天涯海角景观望，

处处人间芬芳。

梦醒鸡鸣天晓，

捧茶坐于庭堂。

笔端喷吐天地长，

安心老在家乡。

西江月·晚睡

退休消除万念，

管他世上浮沉。

荣枯名利无此心，

明月清风茶饮。

发白夜长难寝，

读史看取古今。

知无所用不自禁，

翻阅旧愁不尽。

丑奴儿·春风荡漾河两岸

夏语

阳春三月桐花发，

佳时不待。

莫要徘徊，

老夫欣喜下楼台。

春风荡漾河两岸，

杨柳一排。

芳草青苔，

日丽光和舒心怀。

望江东·家乡好

退休家住熟人多。

思往事，休分说。

仕途名利命中没。

少歧路，避风波。

茶余饭后东沟坡。

小清河，虫鸟歌。

远胜昔日身漂泊。

心舒畅，悠闲过。

新颜故流花草绿树围

连绕席把灰尘扫雀鸦

枝头欢叫正日晴其满亮

嘡跻二老来去敬雅羌

建树著四报一生活方保

091

踏莎行·南湖

雨过天晴，光和日暖。

碧空四野云不见。

青杨垂柳满山坡，

南湖绿水时光慢。

春色柔和，双飞鸿雁。

良辰美景清风伴。

山河日月渐渐新，

亭台倚坐南山看。

甘露歌·叹岁月峥嵘

一

鸡鸣身起楼台望，
桐花今已红。
云薄烟轻笼南塬，
深处我家乡。

二

春风得意广场舞，
锤敲铜锣鼓。
古城一片高歌声，
叹岁月峥嵘。

三

外婆昨夜入我梦，
泪流心伤痛。
疼爱儿孙一生穷，
相见总笑容。

四

频阳山上娘娘庙，
跪拜子孙安。
六月伏天人海潮，
挤身把签摇。

渔歌子·偷闲

一

混日磨时到高年，
烟茶素食醉香甜。
明事理，识时宜，
悠然自在乐偷闲。

二

退休勿论是和非，
倚栏观景雁高飞。
年事高，客来会，
鸡鸣报时催朝晖。

云烟缭绕景模糊不见青缘

红黄色不辨哀叫南归

雨雁老夫茶坐里……

知世事如寒一切如……何

须程……迢迢

郭仁伟海清东乐……奉之

壬寅春之生於古都长安李平迎书

家住

旦日晨出，来到沟畔，云烟缭绕。

溪水潺潺，鸟飞虫鸣，空气清新。

舒展腿脚，精神清爽，心旷神怡。

泉水叮咚，清冽甘甜，安度晚年。

但看明日天色好，顺其自然泉台道。

凉台

凉台坐卧白头翁，

每日捧书望晴空。

天上人间事不问，

青衣素酒到岁终。

山河不老人欢笑

蝶恋花·梦母

高日南窗醒未起，

梦绕魂牵，常是娘亲忆。

相视无言泪先滴，

脚移步赶身难近。

昔日衣衫碎无计，

针针密缝，万般心思寄。

今告双亲列祖记，

儿孙总算还争气。

蝶恋花·钟鼓楼

夏语

鼓擂黄昏钟报晓。

千古名胜，巧匠能工造。

来往游人知多少，

东西南北都来到。

年老少眠起身早。

凭栏望远，街市真热闹。

食美茶香肠胃饱，

悠然漫步长安道。

蝶恋花·南湖

满园春色风光好。

杨柳垂丝，风摆身枝俏。

绿水连波浮萍摇，

枝头欢快飞鹊鸟。

漫步南湖健身好。

每日来游，了却诸烦恼。

沉醉忘记归家道，

悠闲自在白发老。

蝶恋花·荆塬新貌

夏语

杨柳绿肥青杏小,

艳丽榴花,花蕊蜂蝶绕。

高树枝头麻雀叫,

荷上珠露晶光曜。

四面八方青石道,

黄土高原,今日展新貌。

山河不老人欢笑,

年年月月喜事报。

浣溪沙·暮年

红日高升染渭城，

画尽人间万般景，

绿肥红瘦岁峥嵘。

谁说白毛无再少，

古槐老柳新枝生。

夕阳晚照逐清风。

浣溪沙·念儿孙

夏语

年老客稀常闭门，

人间世事不相闻，

书茶相伴绿花盆。

每日楼台南窗望，

南山脚下有亲人。

修身养性念儿孙。

浣溪沙·渭堤

春尽绿浓夏日长，
渭堤杨柳雪花扬。
浮萍芳草绿池塘。

渭水滔滔翻白浪，
高飞鸥鹭排成行。
三秦大道人车忙。

浣溪沙·忆昔日

夏语

年少读书常自勉，

经年离乡老来还。

家居清静亦清欢。

月移星转空念远，

忆思昔日童伴玩。

如今斑鬓几人安。

清平乐·晚春

风轻光好，

漫步田间草。

空气清新尘烟少，

欢乐鹊鸦飞鸟。

晴空四野天垂，

桐槐杨柳绿肥。

三月烟花何处，

老家明月来归。

竹榭秋檀雪看鹤以呈姿

活放香远势利方互意忌

天地无忧碌难一为旦退

休叹畔东氏年老是非而归趣

濡笔墨耕耘

辛化律过清采乐竹榭
壬寅之亚平迎

清平乐·老家住

阳春日暖。

小院花枝满。

檐下泥巢双字燕，

昔日同窗相见。

悠闲倚坐中庭，

管他天色阴晴。

晚照夕阳安乐，

一梦睡到天明。

天低日暮一片烟云云映斜

田家南墅路杨柳丝络丝

紫樱桃汤句榜树荫菜满地

庐孔空寥人而口果阳日发

老驾飞

甲午仲夏初清秋一壑雨余一壶
壬午年暮春于元都西安李平逸

清平乐·生病

天昏云乱。

不见南山面。

老朽身残病还患，

连续三年不断。

去思勿虑勿求，

自由自在清修。

生死命中天定，

管他什么时候。

玉楼春·相约四老

夏语

去年相约眉山峰，

今日故地又重逢。

日月轮回人增寿，

四时欢乐老相同。

荆山塬上中华郡，

四面八方人车龙。

男男女女多热闹，

人人得意迎春风。

玉楼春·三亚游

驾云吞雾天宫游，

海角天涯身滞留。

问卦求神香火盛，

眉开眼笑香钱收。

避人低语拜佛前，

人间万事无不求。

寒窗苦读似无用，

不明事理白了头。

黄鹤引·暮年

生年命苦。

遇到荒年向谁诉。

寒窗无用身退，离开衙署。

发白醒悟。

心喜老家来住。

乡邻来去。

亦清欢，家常笑语。

百事了无心，庭院栽花树。

明月窗望碧空，嫦娥舒袖。

仙女歌舞。

芳草田间珠露。

闲情漫步。

望南山，陶潜诗句。

减字木兰花·乐事

茶香饭饱，

赏心乐事无烦恼。

美景良辰，

淡静无求乐晚春。

高楼一老，

迟暮年华百事了。

养性读书，

一片冰心在玉壶。

浪淘沙·南湖

夏语

湖水荡秋风，

烟雨蒙蒙。

衡阳归雁叫长空。

荷下鱼儿游来去，

倒也从容。

珠露草丛中，

鸟飞鸣虫。

蝶蛾上下相与同。

风景晚来南湖好，

安乐老翁。

点绛唇·渭堤漫游

渭水东流，

长堤烟柳雪花舞。

人来人去，交语多欢趣。

芳草虫鸣，树鸟低声语。

鸥鹭舞，野花无数。

忘却回家路。

虞美人·夏日

夏来万物换新妆，

一片青纱帐。

天高四野白云游，

天上人间去了千般愁。

东风渭水涌黄浪，

鸥鹭高声唱。

河南河北绿油油，

有望今年又是大丰收。

生查子·望南山

长安夜梦惊，
难寐醒来早。
斑鬓白双眉，
异地知音少。

浮沉几十年，
还是家乡好。
院坐望南山，
无有烦心恼。

沁园春·居家

一

退休归家，

少了是非，

多了真情。

居三间陋室，

院栽花木，

月明花下，

飞鸟相迎。

饮茶看书，

字里行间，

自取清欢身安宁。

谁个料，

老到这年岁，

如此情境。

清晨鸡叫窗明，

饭余后，

出门村外行。

吸新鲜空气，

精神清爽，

青青芳草，

珠露晶莹。

回忆儿时，

同龄结伴，

河边戏水少年情。

几人在，

引老夫心疼，

久久难平。

沁园春·居家

南歌子·思生

夏语

无功一生过，

顽愚两鬓华。

忆往昔诸多错差。

才短少谋归家，话桑麻。

院坐南山望，

黄昏夕阳斜。

清欢尽在一杯茶。

星海一轮明月，照窗纱。

望江南·晚春

春未老，古树吐新芽。

垂柳湖明上下看，

萋萋芳草月季花，

亭榭夕阳斜。

长廊下，金鱼戏水鸭。

岸上游人言欢笑，

日新月异好年华，

幸福落千家。

破阵子·茶

龙井明前儿奉，

润喉清嗓香浓。

一把玉壶明心境，

试比南山不老松。

遨游乐无穷。

笔墨诗书茶共，

老来还要用功。

日月四时不觉空，

千古情怀舒心胸。

高楼白头翁。

菩萨蛮·家

旧房新建安身老，
他乡没有我家好。
时会众乡邻，
情随乡土亲。

日日起身早，
庭院栽花草。
坐看南山云，
悠然白发人。

清平调·家住

夏语

一

一生功名不屑顾，
退休无求身后名。
迟暮年华家来住，
清风明月乡土情。

二

村围绿树斜阳照，
新修明亮三间房。
院栽花木闲情致，
前尘往事全都忘。

三

雨霁云开雁高飞，

斜阳村落洒光辉。

晴空万里云天际，

漫步田间衣角飞。

四

明媚春光照庭堂，

一排玉竹立南垟。

立身天地青衣素，

一片冰心玉壶藏。

五

身旁两盆绿枝芽，
身后一片月季花。
暮年闭门客来少，
诗书作伴烟酒茶。

六

荒唐岁月一梦了，
退休身轻回家乡。
玉兰洁白梅花幽，
桂花一树独放香。

长夜思乡无绝期

南歌子·忆思

频阳谋生计，

汗水田间流。

日日上下望湖楼，

早出晚归月上柳梢头。

星夜南窗望，

思娘亲心忧。

此情此景何时休，

窗外蝉鸣枯树空悠悠。

西江月·南看秦岭

夏语

出世仕途险阻，

秦川渭水东流。

磨时混日白了头，

懊恼读书不够。

闲赋老家常住，

修身养性心收。

南看秦岭白云游，

北望渭水千秋。

踏莎行·遇同窗

退休归来，同窗相遇。

田间漫步言过去。

情怀仍旧似从前，

眉开眼笑多欢趣。

乡里乡亲，暮年方悟。

了无一事无他顾。

院栽花木心头娱，

清茶一盏吟诗句。

蝶恋花·空游

夏语

环宇遨游地球转。

借得清光，方识蟾蜍面。

海市蜃楼景物观，

波涛云浪雪花乱。

光照人间世道变。

诗人仙人，杯酒齐声赞。

跨海漂洋亦非难，

山河不老阳光灿。

菩萨蛮·老家

三间新屋南山下，

一分庭院花木架。

玉竹出南垾，

桂花一树香。

桃园台阁榭，

灯火阑珊夜。

四面八方客，

饭香歌舞乐。

驱车伍日渭河游 柳揭孙亮气色

至四面八方人群乱五光十色景

纵观山河共志天地连一切顺遂

大自然一宇宙成为南端 雁阵

梦萦挂白云瑞

云寅年之春於古都西安李平逊书

郭仁伟泊逊渭河生熊之图

137

玉楼春·团圆

父子孙儿家团圆，
言谈欢笑喜眉端。
一年三百六十日，
日日如今有多甜。

晚岁无思百事了，
一心但望儿孙安。
山河不老人自老，
夕阳晚照白发翁。

玉楼春·回老家

夏语

长安东出驱车行，

一路清风乡土情。

渭水波涛起黄浪，

骊山日照紫气升。

精神爽利天色好，

雨过云开草木青。

白发故人庭院见，

问君还有是同庚。

玉楼春·看新屋

长安东出看新屋，

白云蓝天入双目。

终南日照紫气升，

一路风光杨柳绿。

金秋高日果谷熟，

四野田间人车簇。

楼台坐卧诗书吟，

菊竹悠然秋光沐。

玉楼春·新屋

一

举家吉日返新屋，

迎我红门与绿竹。

桂花金黄满院香，

上下楼台秋菊黄。

祖先家业儿孙续，

回到家乡随乡俗。

中秋国庆同日逢，

佳节莫忘老祖宗。

二

倚杖出门村道行，
喜鹊喳喳道喜忙。
乡邻见面老来好，
一片欢心乡土情。

树绿果红秋日景，
天高气爽风清清。
垂年喜把新屋住，
眷念家乡月光明。

玉楼春·住新屋

夏语

长安哪有家乡好，

年老无为事情少。

悠然新屋南山望，

静坐花间留晚照。

秋风院树鹊鸦叫，

直催老夫起身早。

广场健步一白毛，

活过八旬谁能料。

渔家傲·思从前

旧地重回身已老，

故人健在今愈少。

往日心思谁个告。

明月照，

心头涌起无限恼。

文章满腹无人赏，

勉强落脚孔夫庙。

今忆当时真好笑。

少骄傲，

奈何两鬓雪霜早。

浣溪沙·四上华山

秋阳高照雁高旋，

绿黄橙红满秦川，

老夫四上华岳巅。

白发满头人莫笑，

东峰摆棋战陈抟，

登天观地五峰端。

浣溪沙·回新屋

光照小楼七彩霞，

枝头欢笑喜鹊鸦，

清香几盆秋菊花。

明亮新房庭院坐，

歇息儿奉碧螺茶。

老来还有好年华。

酷暑蒙蒙身起早衣衫褛破

破毛少拾得而家茶饭饱何时

了风尘路上光缥缈退职家

妇早お好宵口路上逆芳草

老少同龄言欢嫂明月照老关

睡阔楼谁览

鹧鸪天·晚春

一

常言此生莫怨天，
白头家住亦悠闲。
田间漫步芳草边，
自在逍遥景物观。

忧患尽，心亦宽，
手忙脚乱自寻欢。
煮水烹茶饭香甜，
明月清风四月天。

鹧鸪天·菊花

夏语

秋菊红黄时久看，

三餐一觉自寻欢。

流年何必争长短，

但愿全家康泰安。

明月照，日高悬，

人生千古事难全。

无须怨恨彩云散，

冷暖人间顺自然。

朝中措·见同僚

往事如昨落尘埃，

旧地今重来。

相约故人茶饭，

言谈欢笑开怀。

前尘往事，

烟云天外，

日月轮回。

晚照夕阳身健，

举杯同乐楼台。

减字木兰花·古城

古城春媚，

杨柳成行皆青翠。

气象更生，

旧貌新颜黄渭清。

车轮滚滚，

秦道物流无早晚。

渭水东风，

喜事日至炮声隆。

阮郎归·茶

了无一事天地宽，
今已苍老颜。
东升钩月半空悬，
杯茶夜景观。

清水浅，雪珠茶，
入口味香甜。
夜阑人静安稳眠，
不知今何年。

清平乐·渭堤

渭堤杨柳，

风摆衣衫袖。

绿水池塘荷叶羞，

雨后云开光漏。

年来年去常游，

春风渭水东流。

芳草沙滩鸥鹭，

物华消去百愁。

临江仙·归家

客走他乡秋黄草，

荒唐白了双眉。

名利富贵均心违。

归家空气好，

楼角夕阳晖。

房屋通风南北看，

层林绿染城围。

春来秋去雁高飞。

悠然南山见，

少了是与非。

沁园春·家乡好

夏语

长寿家乡，

露润塬田，

溪水潺潺。

望骊山晚照，

流水荡漾，

春花秋草，

田野飘香。

杨柳河湾，

虫鸣鸟唱，

块块禾田绿池塘。

神气爽，

渭水秦岭看，

大好时光。

村围绿树斜阳，

忽偶遇同学喜欲狂。

惊叹眼前人，

身强体壮，

言谈欢笑，

喜气飞扬。

互祝晚年，

来日方长，

前尘往事不思量。

看今日，

天气多晴朗，

书写华章。

沁园春·家乡好

儿将老家旧房翻新喜作

一

北眺黄河青天外，

南看秦岭霞云光。

早年远走客他乡，

晚岁幽居住新房。

二

鸟语花香前庭院，

清新温馨小楼房。

梦醒一觉到天亮，

倚杖出门迎朝阳。

三

院树枝头麻雀语，
层楼上下秋菊香。
几多花木栽满院，
秋日金光照庭堂。

儿将老家旧房翻新喜作

秋凉

夕阳西岭下，

钩月东山上。

院坐清风来，

酌酒把菊赏。

桂花散余香，

玉竹青叶响。

秋高天气爽，

日月多美好。

早年谁能料，

八十老还壮。

百事了无恼，

什么都不想。

只思全家安，

心情多舒畅。

秋
凉

秋

一

烟轻云薄秋光柔，

玉竹清风透衣衫。

麻雀枝头悄悄语，

闲适恬静心怡然。

二

清晨登上高楼望，

宽阔大道人车忙。

千古长安花城地，

百花争艳吐清香。

三

秋高气爽上楼台，
一排飞雁眼前来。
沐浴阳光南山看，
日西沉醉忘却还。

四

新词填后续茶杯，
明月窗前时徘徊。
思念家乡南山望，
夕阳西下几时回。

花猫

饭后散步闲庭中，
花猫戏玩总相陪。
人生何处不为乐，
醉卧楼台茶一杯。

再无风雨再无晴

清平乐·秋

秋风细细，

桂子香余味。

新屋亮堂称我意，

儿子把心来费。

有玉竹在南垟，

庭院西角斜阳。

花下且留晚照，

日日思做华章。

八声甘州·渭堤忆中学时代

夏语

忆少年、渭水河边游，峥嵘岁月稠。

怀凌云壮志，山河豪气，天地尽收。

梦断坎坷天命，岁月漫悠悠。

烟雨丝丝柳，叶黄枝头。

南雁春来秋去，去留随天意，率性恣游。

华年已逝兮，思远空悲秋。

更西风吹过，草滩烟地，不见沙鸥。

秋云散，夕阳西下，一个白头。

南乡子·年老

花落自有期，

莫要伤春莫悲时。

山河不老人自老，

惜时，

观景悦心莫迟疑。

早日归故里，

来往故人日渐稀。

清静烟茶诗书趣，

多思，

少问人间是非事。

点绛唇·芒种

沟畔河边，

同龄玩伴今多少？

鹊鸦飞鸟，

绿树枝头绕。

芒种麦黄，

籽粒颗颗饱。

东方晓，

农夫起早，

年景收成好。

玉楼春·老家

日出层楼光影斜，

庭院深深秋菊佳。

天高气爽雁南飞，

低树绿荫喜鹊鸦。

昔日流年蹉跎去，

如今发白好年华。

修身养性何处是，

傍水依山是我家。

玉楼春·思古

春日晴和雁归来，

长安东出老家回。

鸿门刘项斗谋略，

烽火幽王美人陪。

千古英雄谁个是，

历朝王侯万骨堆。

思前想后无趣味，

花下房前茶一杯。

玉楼春·芒种

倚杖林荫草径行，

鹊鸦鸣叫树间迎。

天高田野麦熟透，

算割算黄叫不停。

云彩霞光南山披，

绿茵岸柳溪水明。

赏心悦目高日景，

天地人间耳目清。

玉楼春·冬至

夏语

坐卧一冬暖睡衣，

家门常闭客来稀。

华年酷暑寒冬逝，

发白身轻归乡里。

迷路应知是天命，

梦醒理会是与非。

悠闲日子欢愉过，

俯地仰天心无违。

玉楼春·家东沟

光和日丽秋云散，

一字衡阳南归雁。

高天厚土乐悠闲，

倚立高楼南山看。

饭余漫步东沟畔，

禾黍梯田绿漫漫。

少时与我戏水人，

如今细数少一半。

玉楼春·居家

昼长夜静小楼住，

翻读诗书情欢趣。

字里行间辨龃龉，

万卷千篇识名著。

饭余庭院闲漫步，

百事已了无他顾。

养性品茶捋胡须，

淡静平安流年度。

玉楼春·辛丑年旦日游西汤峪

日出终南霞满天，
山清水秀气新鲜。
修身养性仙居地，
人杰地灵多良贤。

倚坐亭台张目看，
鹊鸦欢叫低空旋。
蝶蛾湖水浮萍上，
眉开眼笑白发翁。

玉楼春·秋思

青竹院垟香桂秋,

枝头雀语声啾啾。

暗香浮动黄昏后,

玉海东升一银钩。

春夏秋冬周复始,

农田水利一黄牛。

身残骨衰年老去,

野花香草诉心愁。

玉楼春·逗猫

今日亲朋喜相逢，
东西南北加红中。
物华世界全忘了，
喜笑言谈话平生。

年老病身懒行动，
闲庭玩猫亦从容。
管他日月天地转，
淡静高楼一老翁。

玉楼春·游春

万紫千红傲红尘，

山清水秀景宜君。

道旁坐食农家乐，

野菜素餐佐佳酿。

日月轮回岁月老，

惜时珍月莫伤春。

春风渭水东入海，

冷眼向洋西昆仑。

玉楼春·田间漫步

南山溪水东沟流，

春夏秋冬不知愁。

飞鸟鸣虫沟河畔，

青青芳草绿油油。

田间漫步话桑麻，

庭屋烟茶笔墨酒。

明月清风伴我过，

逍遥自在度晚秋。

玉楼春·麦熟

倚杖林荫夹道行，

清风拂面飞鸟迎。

晨光初照山巅亮，

溪水潺潺涧底明。

麦熟夏田丰收景，

眉开农民喜悦情。

万里晴空云天际，

算黄算割叫不停。

浣溪沙·居家

明月清风白发人，
落花余香送晚春。
及时享乐莫生愁。

秋桂春兰粗茶饭，
简单生活不染尘。
归家始觉乡情真。

浣溪沙·退休

作客他乡孤独身，

家中谈笑有乡邻。

悠然自在一平民。

春梦秋云已消散，

闭门赏花终日闲。

庭堂静坐捧书卷。

浣溪沙·惊蛰

万物苏醒时令佳，

春风得意尽繁华。

看天问地我自夸。

思量一生还过去，

做人做事不算差。

心胸坦荡云天涯。

浣溪沙·游春

谁说游春少年情，
山前花下白发行。
及时行乐须尽兴。

莺歌燕舞春意闹，
山河烂漫物候新。
白发笑看乐晚春。

鹧鸪天·晚秋

柿树果红醉晚秋，

白云游动南山后。

斜阳村落透杨柳，

溪水东沟南北流。

虫唧唧，鸟啾啾，

坐地飞天不知愁。

物华世界真正好，

万类霜天身自由。

鹧鸪天·独上楼台等日西

年老朋亲上门稀，

有谁共我话心事。

衡阳飞雁归去来，

独上楼台等日西。

腰驼背，鬓如霜，

泉台路上无知己。

人生本是一张纸，

几幅丹青书笔提。

鹧鸪天·简单

春夏秋冬一年完，

人生活着本简单。

衣食行住无难事，

琐事多来惹心牵。

生明白，活自然，

粗茶淡饭亦清欢。

耳聪目明天地看，

不想昨天思明天。

鹧鸪天·惜春

夏语

草木花开又一春，

百年岁月出红尘。

寄情千古兴衰史，

总爱诗书写乾坤。

田间路，芳草茵，

归来总觉乡土亲。

左邻右舍笑声语，

多是雪霜染双鬓。

定风波·重上水库

三十二年起征程，

马嘴山上扎大营。

推车布鞋胜铁马，

苦战，

穷山恶水经年共。

酷暑严寒天地争，

移山填谷水库成。

今日前来游故地，

遥念，

华年沧海慰平生。

定风波·再无风雨再无晴

西风渭水雁嘶声，

黄土高原凄凉行。

四面爬坡频阳住，

从此，

霜寒苦暑伴一生。

酸辣苦甜梦觉醒，

退休家住乡土情。

老屋翻新栽花木，

心静，

再无风雨再无晴。

渔父·楼观

倚立楼台忽已晚，

白云天际好悠闲。

天地远，花好艳，

指点山河岁月远。

拜将台看后思

夏语

坐看明月星斗高，

思想古今众英豪。

报国尽忠天下事，

功成名就韶华老。

拜将台看后思

191

夜坐饮茶

夜深人静碧螺茶，

倚坐楼台秋菊花。

鸟语虫鸣树上下，

叶枝影弄月窗纱。

立春

夏语

丝柳寒梅迎春风，

莺歌南雁舞长空。

轻寒不觉夕阳晚，

眼观天下耳不聋。

园中观梅

寒梅深院展芳容，

玉质仙姿绿丛中。

麻雀枝头闹春意，

扑鼻冷香傲晴空。

重上水库

日落湖光水天齐，

客游水库景观奇。

经年山水寒暑战，

留得人间撮燕泥。

高楼望

旭日东升高楼红，

霞光四野南山峰。

长安大道人车涌，

古城辉煌又东风。

长安

夏语

花红树绿长安景，

林立高楼面貌新。

商店门前人拥挤，

纵横大道车马行。

尝尽人间千般味

鹧鸪天·夜思

一

渭北高原草木黄，
苍天杀我性疏狂。
年年月月黄土地，
日日时时思家乡。

时不济，多坎坷，
衡阳归雁嘶声长。
他乡作客谁个语，
冷屋冰床夜未央。

二

落日频阳叶飘零，
他乡游子苦伶仃。
无情寒暑风雨急，
垂泪临窗数残星。

花凋谢，叶飘零，
思想娘亲梦初惊。
万般无奈把天怨，
什么时候天才明。

南乡子·思乡

北国思家乡，

黄土高原路迷茫，

四面皆空无有望。

权当，

书读寒窗梦一场。

老家盖新房，

昔日红尘百事忘，

淡静自如身性养。

亮堂，

星海月明照我床。

蝶恋花·在富平

夏语

枯树破房庙府地,

庭院凄凉,无事门常闭。

春去秋来多愁思,

不知来日何天气。

远走高飞苦无计,

寂寞无聊,常醉惊起迟。

渭水滔滔吼天际,

苍天负我是何意。

长安大道西风雨钟鼓楼

梦人远去魂消暮断雁塔钟恨

苏堤经杨柳径读书何太寒

窗芳流萌咸之谁个语若滑

我眼连离黄土高原迷了路

韩化师诗玉楼春 一九六三初寓 一室

壬寅年之春水长都长安莫原璽季守宇迎

玉楼春·端午会故人

夏语

山清水秀四门开，

鸟语花香迎客来。

又是一年端午节，

言谈欢笑舒心怀。

山河不老人自老，

日月轮回不相饶。

发白勿悔流年事，

端阳牡丹腊月梅。

玉楼春·怀古

毕业一别离长安，
风尘来到频阳山。
渭水波声连天起，
频阳风雨雪霜寒。

庙府圣人灰满面，
困顿奔走多无颜。
频阳王翦封侯地，
征战沙场几人还。

玉楼春·梦母

酷暑寒霜农水田，

辛劳风雨不知年。

频阳上下唉声叹，

床上思娘夜不眠。

梦醒披衣心绪乱，

闻听秋蝉鸣树间。

独身来至一小城，

孤苦伶仃有谁怜。

玉楼春·到富平任职

频阳山下风萧萧，

离人肠断咸阳桥。

黄土高原伶仃客，

思娘垂泪心头焦。

初来供职事情少，

少友缺亲常寂寥。

西陆蝉声枯树叫，

声声叫得心发毛。

玉楼春·苦叹人生

夏语

年少辞别长安道，

形影伶仃到府庙。

心高气盛志云霄，

途阻荒年无处要。

寒窗苦读忘却眠，

苦叹人生谁个料。

天垂田野白云飘，

落日余晖暮云杳。

玉楼春·人间千般味

秋风叶落黄土飞，

尝尽人间千般味。

读书不辨是和非，

入世难谋岂无悲。

寒星冷月难入睡，

孤苦伶仃思母泪。

一生未有好时运，

一切看来无所谓。

十八读书曾月圆人老花

黄破寒灯暗闪只床沟月

寒夜窗上辞寒懂茶相

体不知是啥瞳此春风秋

月度时光里贾娘歌南望

辑仁佳话

丙申年李平迎书

玉楼春·南山脚下夜寒浓

夜来不寐思无穷，

早岁他乡梦成空。

进取知时早身退，

南山脚下夜寒浓。

远离世事家来住，

亲邻相逢疑梦中。

闲时小院花木种，

古今天地明心中。

减字木兰花　辛稼軒作

荒身不順 流落他乡无人问九

转四绚南空断 云里家乡却闲

述書写寅作 竹月光影字

上心涨铭 墨笔端区之耕

　壬寅年三季於古都長安書年迎

西江月·坎坷人生何长

黄土高原云散，
频阳清冷凄凉。
残灯空屋卧冰床，
冷月寒星独赏。

白日无聊读书，
夜来思母心伤。
母子分离两茫茫，
坎坷人生何长。

浣溪沙·退休

夏语

退休烟茶诗书存，

故人稀少庭院深，

日日欢闹是吾孙。

两耳不闻窗外事，

悠然自得亦销魂，

楼台观景乐黄昏。

浣溪沙·肠胃痛

血染频阳夕阳霞，

枯槐冷院鸣啼鸦，

夜来明月泪思家。

天上黄河翻起浪，

我今肠胃绞麻花。

不知年月和时差。

如梦令·独在异乡留

长安古风相送，

黄土高原尘重。

独在异乡留，

冷月寒风与共。

心痛，心痛，

为了微薄薪俸。

桃源忆故人·但听秋风雨

华胥梦断青春路，

庭院乌鸦飞去。

麻雀低飞无数，

栖落在何处？

伶仃苦闷无人语，

思念娘亲羹茹。

此种心情多苦，

但听秋风雨。

退休

接到公文喜眉头，

华年职守今自由。

一年四季好时候，

海角天涯任我游。

一生

华年沧海弄水田，

风雨烟云只等闲。

春去秋来无间断，

今已是白发苍颜。

壶口

夏语

黄土高原狮子吼，

千军万马炮声隆。

一轮红日高升起，

照耀山河九州同。

后记

我1961年毕业于西安交通大学，毕业后分配到富平县从事水利工作。经历简单，一生在一地做一事，直到退休。

我虽读工科，但偏爱文学。退休无事，翻阅史书文章，时而情思幽发，时而提笔书写杂乱文章。本是年老偷闲，打发时日，聊以自慰。有知情者张立、李瑞等催我书写，结集成册，实是粗制滥造，难登大雅之堂。有污阅者之目，望其见谅。

这里我要对在本书出版过程中，整理、编辑、校对、设计的杨乾坤、张孔明、姜一慧、王绘兰、艺涵、贺姗、白静、花涧等同志表示感谢。还要对著名书法家李平逊的墨宝为本书增彩表示感谢，更要对给书名题字的贾平凹主席致以敬意。

韩仕伟

二〇二二年七月